AF592566

HIER

ET AUJOURD'HUI

OU

SOUVENIRS D'ENFANCE,

DU

BON PAYS VENDOMOIS,

PAR

ÉDOUARD SIMON,

Chevalier de la Légion d'honneur, ancien Professeur à l'École d'artillerie de Metz
et au Lycée de cette ville,

AUTEUR DE : COURS DE DESSIN GRAPHIQUE A L'USAGE DES SOUS-OFFICIERS DE L'ARTILLERIE
ET DES ÉLÈVES DES LYCÉES,
PANORAMA DE METZ A VOL D'OISEAU OU NOUVEAU GUIDE A TRAVERS SES FORTIFICATIONS,
LES CANONS RAYÉS ET LES PLACES FORTES,
LA FORTIFICATION ALLEMANDE ET LA FORTIFICATION FRANÇAISE,
ET DE DIVERS AUTRES OUVRAGES

PARIS — 1875

LES ENFANTS D'AUJOURD'HUI

ET

LES ENFANTS D'AUTREFOIS

Sinite parvulos ad me venire.

LES ENFANTS D'AUJOURD'HUI.

Des enfants d'aujourd'hui j'entends partout, sans cesse,
Déplorer les défauts, blâmer sévèrement
La dissipation, la tiédeur, la mollesse,
Tous les mauvais penchants, et principalement...
La maudite paresse!...
Puis, à la suite encore, les noirs *et cætera*...
Et des réflexions du plus sinistre augure,
Sur ce qu'il adviendra
De si vils éléments infestant leur nature!...

LES ENFANTS D'AUTREFOIS.

Eh! mon Dieu!... qu'on m'en croie,.. et que l'on se rassure!...
Les enfants de nos jours...
Ne sont, sachez-le bien... et pourquoi donc le taire?...
Que ce qu'ils ont été... ce qu'ils seront toujours...
Sur notre pauvre terre!...
Tels ils sont à présent, tels nous étions jadis,
— Sans nullement, en rien, valoir ni mieux ni pis, —
Nous tous... que vous voyez, barbons à cheveux gris!...
Donc, il faut l'avouer, sans crainte de déplaire :
Ces jeunes descendants,
De leurs pères sont bien les fort dignes pendants!...

Sur ce sujet, voyons... faut-il qu'on vous éclaire?...
En voulez-vous la preuve... et manifeste et claire?...
Eh bien! soit donc alors... A grands coups de pinceau
Esquissons de nos traits le vieux et vrai tableau...
Et, prenant au hasard, jugez cette prouesse
Que le croquis suivant retrace à notre adresse;
Puis, vous direz après, en fait de tels exploits,
Qui l'emporte, ou ce jour, ou celui d'autrefois.

LA QUEUE DU PÈRE CHANTELOUP.

École ou Institution de notre bon vieux temps.

Puisqu'il nous faut ici franchir cette distance
Du temps, derrière nous, laissant la trace immense,
Profondément empreinte, helas! depuis ce fait,
Alors parcourons-la... sur-le-champ, d'un seul trait,
Et de ce pas venez voir notre ancienne école...
Mais... qu'ai-je dit?... école!... Ah! diable!... attention!...
Mesurons bien, au moins, nos mots, notre parole...
Et n'allons point manquer dé circonspection,
En prêtant sottement le flanc à la critique!...
Car, qui donc ne le sait?... qui s'y frotte s'y pique!...
Or, par le temps qui court,
A la prudence on doit se garder d'être sourd!...

TRAVERS ACTUEL.

Lorsqu'aujourd'hui chacun d'un vain orgueil se berce,
Jusqu'à changer des mots le sens et la valeur,
Croyant ainsi sur soi répandre plus d'honneur...
Quand le commis s'appelle employé du commerce,

Lorsqu'au lieu de boutique on dit le magasin;
Que l'arracheur de dents et le vétérinaire
Se parent hardiment du nom de médecin;
Que le coiffeur se nomme artiste capillaire,
Et, d'un ton si grotesque et tant édifiant,
Octroie à sa pratique
Le titre de client;
Lorsque le boutiquier se dit négociant;
Et qu'enfin... à ce jeu tout le monde se pique,
N'allons point offenser si grande vanité,
En rompant en visière à la société...
Gardons-nous bien ainsi d'employer un vocable,
A juste titre alors semblant peu convenable!

. . . .

Pour le cas actuel, donc, à cette intention,
Dans le but d'éviter cet emploi déplorable,
Au lieu du mot : *école*, ah! disons : *pension*,
Et vite courons voir cette institution...

. . . .

Or, là-bas, regardez... dans cette retirade (1)...
Cette vieille maison d'aspect assez maussade...
Eh bien!... c'est dans ce lieu,
Si peu rempli de charmes,
Que mes humanités me virent, oh! mon Dieu!
Faire le dur essai de mes premières armes!...
Mais, lorsqu'ici je vins me farcir de latin,
Je n'étais plus déjà cet enragé lutin,
Vers le jeu dirigeant constamment sa pensée,
Avec autant d'ardeur le soir que le matin!...
Notre fougue pourtant était-elle passée...
Et nous voyait-on bien moins fous qu'auparavant?...
Vous-mêmes, jugez-en par la farce insensée,
Que va vous retracer notre récit suivant.

(1) Rue du Bourgneuf, n° 19. — Voir, plus loin, le Bourgneuf, page 19.

NOTRE MAÎTRE. — SON HABITUDE CONSTANTE EN CLASSE.

De notre pension, le vieux maître... un brave homme!...
Par nos soins, tout le jour, absorbé, retenu,
Harassé, fatigué, le soir étant venu,
Eprouvait le besoin de faire un léger somme!...
Des élèves alors une fois assuré
Que le travail était tout à fait préparé,
Qu'ils n'avaient plus ainsi simplement qu'à transcrire
Leurs devoirs achevés ou qu'à se mettre à lire,
Courant bientôt s'asseoir dans son siége à grands bras,
Il saisissait un livre... où... ne s'arrêtaient pas
Ses yeux trop fatigués ; et, déjà sa paupière...
S'abaissait pour tromper l'éclat de la lumière!...
Puis, insensiblement,
Subissant fortement
Des rigueurs du sommeil la terrible influence,
Il succombait soudain à sa toute-puissance!...
Or, un jour qu'il venait ainsi de sommeiller,
Dans quel état, hélas! on le vit s'éveiller!...
Mais, avant d'aborder ici cette aventure,
Laissez-moi vous tracer le portrait, en deux mots,
De celui qui par nous en devint le héros
De si triste figure.

PORTRAIT DE CE BON VIEUX MAÎTRE. — SA MAGNIFIQUE QUEUE.

Sec comme un haricot, long comme un jour sans pain,
Notre digne et bon maître
Était de ce fier temps... qui vit fleurir et naître
Le grotesque *incroyable* et le beau *muscadin*!...

De ce temps si fameux... où l'homme ornait sa tête
D'un faisceau de cheveux noué par un ruban...
Se faisant une queue, à l'instar de la bête!...
Ornement décoré du nom de *catogan!...*
Or, quoique cette mode,
A la fois si malpropre... et surtout peu commode,
Alors n'existât plus,
Ayant déjà cédé sa place à la *Titus*,
Notre maître, toujours à ce cher appendice
Fidèle au dernier point, en faisait son délice!...
Dame! aussi, quel bijou!... Non, jamais un miroir
Ne put rien réfléchir de si charmant à voir!!..
Ah! c'était ravissant!... un chef-d'œuvre admirable!...
Ce cher petit fuseau, ce bouquet de cheveux,
Mollement descendant sur le col tout poudreux!....
Avec un art vraiment exquis, incomparable,
Venant en occuper tout juste le milieu!...
Quelle queue, ô mon Dieu!....
Longue, mince, effilée,
Avec grâce enroulée,
En son soyeux ruban baisant son doux contour!...
Enfin, un vrai trésor.... un véritable amour!....

CE QU'IL ADVINT DE CE BEL ORNEMENT.

Ce portrait achevé, la connaissance faite,
Abordons maintenant, et d'une seule traite,
Ledit récit plus haut un moment commencé,
Pour le reprendre au point où nous l'avions laissé...

. . . .

Tout entier donc alors au pouvoir de Morphée,
Et... semblant protégé par quelque bonne fée,

Devant ses yeux ravis déroulant les tableaux....
Les plus doux, les plus beaux!....
Souriant, l'air béat.... qui sait?.. rêvant peut-être
Que... contents, enchantés, de ses leçons heureux,
Ses élèves au ciel pour lui faisaient des vœux....
Ah! tel était l'état de ce fortuné maître!....
Quand, sortant de sa place, un de ces garnements,
Qu'en rêve.... il voyait pleins de si beaux sentiments!...
Sur la pointe des pieds, et l'œil au guet, s'avance...
Sans bruit... à pas de loup....
Nous faisant signe à tous d'observer le silence!...
Puis, quand il est tout près de monsieur Chanteloup,
— Car tel était le nom de ce digne brave homme, —
Derrière lui placé, mais... se baissant un peu,
Pour mieux cacher son jeu,
Et se bien assurer s'il fait toujours son somme...
Soulevant de ses mains, avec soin, doucement,
De ce chef vénéré le si cher ornement.....
De longs ciseaux armé... crac!... O ciel!... il le tranche...
Tout net... et d'un seul coup, de façon la plus franche!!..
Puis, d'un air radieux,
Et tout en ricanant, il l'agite à nos yeux!...
La donne à son voisin.... et, par toute la classe,
De main en main ainsi bientôt on se la passe!...
Arrivée au dernier,
Celui-ci, tout autant démon que le premier,
De sa place s'élance...
Et, vif comme un furet,
Vers la pauvre victime... avec grand soin s'avance,
Dans ses mains conservant toujours le cher objet.
Ayant atteint la chaise, aux barreaux il se hisse,
Et, du maître entr'ouvrant le collet de l'habit,
Adroitement y glisse
Le corps de ce délit.....

. . . .

Ceci fait, quatre à quatre,
En retraite, à l'instant,
Il s'empresse de battre,
Et regagne son banc, enchanté, tout content,
Eprouvant une joie à nulle autre pareille!.......

RÉVEIL DE NOTRE PAUVRE MAÎTRE. — SA TERRIBLE IMPRESSION.

Qu'il était temps... ô ciel!... car, hélas! tout à coup
Un affreux bâillement vient frapper notre oreille!...
Serait-ce?.. Oh! oui... tenez... c'est monsieur Chanteloup,
Qui, déjà reposé, maintenant se réveille!......
Sur lui... tous nos regards à l'instant sont tendus...
Que va-t-il advenir?... Quel orage s'apprête?...
Ah!.. nous sommes perdus!...
Car... sa main... regardez... se porte vers sa tête...
Rencontre ses cheveux... ensemble confondus....
Y cherche... fouille en tous sens... dans son collet s'arrête!..
Oh! sa face, ô mon Dieu!.. se contracte et blémit!...
Son pauvre corps entier et s'agite et frémit!......
Un cri lugubre sort soudain de sa poitrine,
Quand... tremblant... il retire... et qu'en ses doigts il voit...
Cet infernal exploit
D'une farce assassine!!........
Comment vous retracer son sentiment d'horreur
Et toute sa fureur,
Lorsque...tenant serré son terrible appendice....
De tout ce sacrifice
Il lui fallut enfin mesurer la grandeur!!....

COMMENT SE TRADUISIT CETTE HORRIBLE IMPRESSION.

D'abord... resté muet à la fatale vue
De ce débris, naguère... hélas! si séduisant....
Dont sa tête... à présent
A tout jamais allait se trouver dépourvue,
Ses yeux ne pouvaient plus.... oh! non... s'en arracher!...
Mais... au bout d'un instant... une larme subite,
Roulant dans leur orbite,
Vient à s'en détacher!.....
Effrayé du torrent... qui... soudain le menace,
Il redoute déjà qu'il n'en suive la trace!.....
Mais ce malheureux pleur,
A lui seul, rompt la glace
Et donne un libre cours au flot de sa douleur!...
. . . .
« Infâmes! hurle-t-il, nommez le misérable...
Qui... de ce guet-apens s'est montré le coupable...
Oh!.. je vous en réponds : malheur!.. malheur à vous!...
S'il ne se nomme pas, je vous punirai tous...
Et, comme lui, serai cruel... inexorable!!.... »

SOLIDARITÉ ACCEPTÉE PAR LES ÉLÈVES.

Un silence de mort répond à tous ses cris...
Pas un de nous ne bouge et ne prend la parole...
Et, quoique nous fussions vraiment fort attendris,
Personne ne se sent avoir l'âme assez molle,
Pour vendre un camarade... oh! sans doute, à nos yeux,
Coupable assurément d'un acte impardonnable,
A jamais odieux!...
Mais dont chacun de nous se trouve responsable!...
Aussi, pas un moyen ne peut nous ébranler,
Et nous avons beau voir crier, gesticuler,

Notre pauvre victime,
Nous reprochant à tous ce vil et lâche crime,
Fermes comme un rocher,
On ne voit nul de nous un seul moment broncher.

MALHEUREUSE FUREUR DE CE BON MAÎTRE.

Ne pouvant contenir son ardente colère,
Et faisant violence à son bon caractère,
Notre digne homme alors,
A bout de tous efforts,
Court précipitamment... Vite prend sa férule...
Et frappe aveuglément sur tous les premiers rangs !...
Chacun, en cet instant, s'éloigne et se recule,
Et le vide bientôt va gagner tous les bancs,
Car la classe, en entier, que la frayeur emporte,
En deux bonds a trouvé le chemin de la porte.
Derrière nous, c'est vrai, les imprécations ..
Puis, pour le lendemain, dures punitions,
Sur notre pauvre dos tombent dru comme grêle !...
Quoi qu'il en soit, chacun se sauve pêle-mêle,
Tout heureux et surpris...
D'en avoir été quitte à si modeste prix,
Se confiant au ciel, en sa miséricorde,
De remettre entre nous la paix et la concorde.

DÉNOUEMENT DE CETTE AVENTURE.

Inondation du Loir.

Le lendemain, le Loir (1),
Digne ami de l'enfance,
Fort à propos vraiment ayant semblé vouloir
Prendre notre défense,

(1) Rivière arrosant le pays Vendomois et qui est sujette à de fréquents débordements. Ses plus grandes inondations ont eu lieu : en 1651, 1658, 1665, et, de nos jours, en 182[illegible]

Pendant la nuit avait tout à fait débordé,
Et le Bourgneuf ainsi se trouvait inondé !...
Point, certes, n'est besoin de vous dire, je pense,
Notre soulagement
Et notre insigne joie,
A l'aspect fortuné de ce débordement !...
Car nul moyen pour nous de trouver autre voie
Qui nous permît d'aller à notre pension !...
Aussi, chacun de nous, ô charmante rivière !
Pour telle attention,
Te voua-t-il alors sa gratitude entière,
Avec grâce y joignant sa bénédiction !!...

CONCLUSION.

Parallèle entre ces enfants d'aujourd'hui et ceux d'autrefois.

Telle est, en somme, au fond, cette triste aventure,
Dont nous tous, ses fauteurs, nous fûmes, je le jure,
Les premiers à gémir du plus profond du cœur,
A déplorer, hélas ! et l'insigne noirceur
Et l'horrible souillure !.....

. . . .

Eh bien !... en conscience, à présent, dites-moi,
Ces enfants d'aujourd'hui... causant tout votre effroi...
Dont les pauvres défauts vous semblent tant blâmables...
Commettent-ils, voyons, actes aussi coupables ?...
Quant à nous, cependant, — sans vouloir nous vanter, —
De tous... tant que nous sommes,
— Et quoique tel début pût faire redouter, —
Depuis qu'on nous voit hommes,
Aucun, en vérité, n'a su démériter !...
Et, bien mieux !... quelques-uns de cette galerie,
Servis par la fortune... ont eu le doux bonheur
De servir la patrie,

Sinon avec éclat, du moins avec honneur!.....
Comment donc expliquer résultat si trompeur?...
C'est que.... des vieux péchés tout enfant fait litière,
En un certain moment :
Celui, plus ou moins près... où, pensant mûrement,
Il songe à sa carrière!...
Et puis.... là!... franchement,
Si, dans toute médaille,
— Même vaille que vaille, —
Il existe un revers,
N'est-on point sûr aussi d'y trouver une face?...
De tous vos doutes, donc, pour dissiper la trace,
En cas où vous pourriez nous croire encore pervers,
De la nôtre venez considérer l'image,
Et, pour ce faire alors, veuillez tourner la page.
Vous pourrez voir ainsi, se croisant tour à tour,
Et le faible et le fort de notre caractère...
Or, votre jugement, sous un semblable jour,
Pourra peut-être bien nous être moins sévère.

RETOUR A NOTRE CHÈRE VILLE DE VENDÔME, APRÈS UNE ABSENCE FORT LONGTEMPS PROLONGÉE.

Douce impression à la vue de ses murs.

A tous les cœurs bien nés que la patrie est chère!

Bonne et vieille cité,
Berceau de mon enfance,
Au souvenir si doux en mon cœur incrusté,
Aujourd'hui quel bonheur!... après si longue absence,
Après tant de désirs... ah! comblant mon espoir,
Dieu merci!... je puis donc à mon gré te revoir!...

Je vais pouvoir encor fouiller toutes tes rues,
En mon bon temps, jadis, tant de fois parcourues...
Et surtout... mais surtout... visiter ces chers lieux,
Au souvenir pour moi le plus délicieux !...

VISITE A QUELQUES-UNS DES LIEUX DE CETTE CITÉ, SOURCE DE BIEN VIVES ÉMOTIONS POUR CERTAINS D'ENTRE NOUS.

Église de la trinité (1).

Salut à toi, d'abord, auguste basilique,
Qui, sous tes fiers arceaux... de ma foi catholique
Recueillis les premiers et timides accents !...
A toi, témoin muet du trouble de mes sens,
Qui maintes fois me vis prosterné sur la pierre,
Vers le Dieu tout-puissant adresser ma prière !...
. . . .
O bienheureux transport de parfum embaumé,
Que je retrouve intact dans ce lieu bien-aimé,
Du barde, ici, que n'ai-je et la voix et la lyre,
Pour chanter dignement
Et pour pouvoir redire
Ton doux enivrement !...
Que ne puis-je surtout, noble et sublime église !
Atteindre à ta hauteur,
Pour retracer tes traits, ta gloire et ta splendeur !...

(1) Célèbre abbaye, fondée vers l'an 1034, par Geoffroy Martel, seigneur de Vendôme, et Agnès de Poitiers, sa femme, sur l'emplacement d'une fontaine où leur étaient apparues, du château, pendant une nuit qu'ils restaient éveillés sous l'impression de pénibles sentiments, trois langues de feu se reproduisant successivement, à trois fois de suite différentes. Considérant donc cette apparition comme un avertissement du ciel, ils élevèrent, en ce lieu même, un monastère consacré à la sainte Trinité. Cette ancienne abbaye ne montre plus rien aujourd'hui de sa construction primitive. Celle actuelle, due à Louis de Crévent, remonte seulement à la fin du quinzième siècle. Cette magnifique église est classée aujourd'hui parmi les monuments historiques.

Or, telle tâche est-elle à nos forces permise ?...
Pour peindre si brillant, si séduisant tableau,
Ah ! je le sais, il faut du talent la puissance,
Et pourtant.... oh ! fais grâce à mon faible pinceau,
En faveur de ce fruit de ma reconnaissance !.....

. . . .

Reine de la cité !
Par la noble grandeur... et par la majesté...
Par le but solennel... et la douce pensée...
Quelle âme, à ton aspect,
Ne se trouve embrasée
D'une profonde estime... et du plus saint respect !...

. . . .

Du passé contempteurs ! au sceau de l'ignorance,
Vous qui marquez ainsi tous ces temps fabuleux
Des plus chers sentiments... seuls purs et généreux :
La foi, le saint amour, la divine espérance...
Venez... venez ici confesser votre erreur...
Et vous prosterner tous devant tant de grandeur !...
Ensemble franchissons le vieux seuil de ce temple...
Qu'avec recueillement votre regard contemple,
O spectacle imposant !...
De voûtes cette chaîne en tous sens se croisant !...
Montrant avec orgueil, partout enchevêtrées,
Leurs colonnes serrées,
Aux coquets chapiteaux,
Supportant, pleins d'amour, tous ces hardis arceaux !
Cette sublime nef... où la grâce divine
De ses saints feux rayonne... et de joie illumine
Ses heureux assistants !...
Et, charmant tous les yeux, gracieux, éclatants,
Ces merveilleux vitraux dont la vieille industrie
Dans la nuit se cacha si longtemps endormie !...

De ceux-ci, diamants aux plus riches chatons,
Ah! venez admirer, étudier les tons,
Et la douce lumière,
Mollement tamisée en frappant la paupière ! !...
. . . .
A ce divin aspect, quel doux saisissement!...
Et votre âme doit être à tout jamais glacée,
Si.... soudain elle n'est avec force pressée
Du plus doux sentiment!!...
Mais... de l'homme le cœur ne peut être une pierre!
Incrédules, de grâce! oh! dans ce temple entrez...
Et... bientôt, j'en suis sûr... ah! bientôt vous croirez..
Vos lèvres, malgré vous, murmurant la prière!!...

Solennité de cette église, lors de sa dévotion à la Sainte-Larme (1).

Ah! si ton simple aspect,
Splendide monument... véritable prodige!
Dans tous les cœurs ainsi produit un tel respect...
Un tel enivrement... un si profond vertige!...
Qu'était-ce donc alors... à ces grands jours de foi...
Où... chacun de prier se faisait une loi!...
Quand .. sous ces voûtes... là... pieuse, agenouillée,
De tout esprit humain la foule dépouillée,
Pour être toute en Dieu...
De cet auguste lieu
Subissant le doux charme,
Prosternée humblement devant la *sainte larme*
Brillant en cet autel,
Recueillie, élevait ses vœux vers l'Éternel!...

(1) Relique apportée de Sicile, en 1038, par Geoffroy Martel, fondateur de l'abbaye de la Trinité, et déposée dans cette église, où elle était l'objet d'une grande vénération et de pieux pèlerinages. Une fête était célébrée, tous les ans, en son honneur, le jour de saint Lazare. Cette relique a disparu dans les jours de tourmente de 93.

Quand... tout étincelants... de leurs vives lumières
Des milliers de flambeaux inondaient ces verrières!...
Lorsqu'enfin... ces beaux chants, prononcés tous en chœur,
Faisant vibrer ces murs de leur tendre rumeur,
Dans les âmes portant les plus pures pensées,
Du céleste bonheur les laissaient embrasées!...

. . . .

O temps si primitifs!... ô doux jours de candeur!
Qu'est devenue, hélas!... votre fervente ardeur?...
Mais... trêve à ces regrets... à ces plaintes amères...
Et reposons nos yeux sur autres choses chères!...

. . . .

Clocher de la Trinité (1).

Digne et vieux compagnon de ce beau monument!...
Ah! te voici... tout près... assis solidement
Sur ta base carrée,
Dans les couches du sol fortement enserrée,
De pierres lourd massif... de loin frappant les yeux...
A la flèche élancée et montant vers les cieux!...
Toi... dont le fier sommet semble affronter la foudre...
Qui... pourtant, certain jour, sut le réduire en poudre (2)!

. . . .

De ses flancs écoutez mugir ces graves sons...
Si pleins d'enseignements et d'austères leçons!...

(1) La fondation de cet admirable clocher remonte à la même date environ que celle de l'église de la Trinité, mais sa construction n'a point subi le même sort que celui de cette église et s'est maintenue constante jusqu'à ce jour. Quatre cloches, formant un accord, dit le *carillon de Vendôme*, y étaient enfermées. Trois ont disparu à la Révolution; seule, la quatrième, la plus pesante, fondue par Antoine de Crévent, vers 1500, existe encore.

(2) Cette flèche a été détruite, en effet, par la foudre, à deux fois différentes : la première, en 1762, et la deuxième, en 1818, où elle en abattit 10 à 12 mètres. Cette destruction a été réparée à quelque temps de là, mais non point avec la même hauteur précédente, ni la même solidité.

C'est la cloche fidèle
Au culte du Seigneur,
Qui vous tous, ô chrétiens, en ces murs vous appelle,
Pour venir le fêter... le célébrer en chœur!...
Ah! de ce lieu béni digne et sainte compagne!...
Combien de fois... au loin... errant dans la campagne,
En entendant vibrer ton si cher tintement,
Je me sentis saisir d'un doux frémissement!!...
Oh! tendre voix amie...
Ici, reparle-moi... de grâce!... ô timbre d'or!...
Résonne... résonne... Ah! résonne donc encor!...

Rue du Change (1). — *Ma vive impression à sa vue. — Motif de cette impression.*

Secret de la nature!... Indomptable mystère!...
Dès l'enfance éprouvant... par goût... par caractère,
Une sorte d'amour... ardent, impérieux,
Pour chacun de ces lieux,
Nul, pourtant, ne m'en cause autant que cette artère,
Ici même, à l'instant, présente sous nos yeux!!...
Mais... pourquoi s'étonner de cette douce joie...
De l'immense plaisir,
O bienfaisante voie!
Que ton si cher aspect vient constamment m'offrir?...
Au culte de son nid qui voit on plus fidèle
Que le timide oiseau?...
Plus que lui... pourquoi donc y serais-je rebelle?...
Or, parmi tous ces toits... dans leur épais réseau,
Je retrouve, ô mon Dieu! la maison paternelle!...
Et, pour mon cœur ému, quel spectacle plus beau?...
Aussi, n'en puis-je assez rassasier ma vue!...

(1) Ainsi nommée, lors de sa fondation (moyen âge, beau temps de sa prospérité), de l'établissement de boutiques affectées au change des monnaies et à la vente des matières d'or et d'argent.

Maison paternelle (rue du Change, n° 10).

Mille et mille fois sois alors la bienvenue!...
O bienheureuse rue!
Pour le si tendre aspect que tu m'offres ici!...
Car... regardez, en grâce!... ô bonheur!... la voici,
Cette chère maison par nous tant adorée!...
Et, du fond de mon cœur, à tout jamais merci!...
. . . .
Demeure vénérée!...
O doux toit paternel!...
Des plus pures vertus si respectable asile!...
Foyer... qui nous donnas ce bien... le plus utile,
Ce vrai trésor du ciel :
En Dieu tout-puissant la ferme confiance!...
Oh! reçois cet élan de ma reconnaissance!...
Car, de mon cœur, crois-le, ton si cher souvenir
Ne pourra s'envoler qu'à mon dernier soupir!...
Aucune impression ne pouvant, en ce monde,
Être, mon Dieu!... jamais plus vive, plus profonde!...
. . . .

Le Bourgneuf (1).

Regardez maintenant à droite, ici... placé,
Tout autour de ce point, ce Bourgneuf enlacé...
Qui... nonobstant son nom, doit, suivant la croyance,
Par huit siècles et plus chiffrer son existence!...

(1) Quartier tirant son nom d'une certaine agglomération de terrain concédé par Geoffroy Martel, lors de la fondation de l'abbaye de la Trinité, au profit des vassaux de ce monastère (1034 à 1838), et comprenant : deux moulins, au pont Perrin (depuis, par corruption, Parrain); deux autres, près de la porte Saint-Georges (hôtel de ville); et enfin un vaste terrain entre les bâtiments du monastère et le second bras du Loir, pour y construire un nouveau bourg, qui prit le nom de Bourgneuf, celui qu'il porte encore aujourd'hui.

Vrai dédale... où, le soir,
En quelque coin blotti, pour qu'on ne pût me voir,
Au moment opportun... sortant de ma cachette,
Tour à tour voltigeant de sonnette en sonnette,
Et comme un fou courant partout carillonner,
Tant de fois je faillis me faire bâtonner!.....

État de l'éclairage de la ville, à cette époque.

C'est que... sans redouter d'offenser ses paupières,
Dans ces temps... on pouvait, le soir, toujours sortir...
Et nul danger, vraiment, de se voir éblouir
Par le brillant éclat des nombreuses lumières!!..
Car, voyez... en progrès, comme on était gâté!....
Du réverbère même.... on ignorait l'usage!...
Et...la nuit arrivée, alors il était sage,
Pour se bien diriger pendant l'obscurité,
De recourir alors au secours de la terne....
Et fameuse lanterne!...
Bien entendu, pourtant, à la condition....
De n'en point prendre à l'aise,
En imitant ici l'habitant de Falaise,
N'oubliant qu'une chose, en telle occasion...
Qu'une seule... c'est vrai... mais aussi c'était celle...
D'y mettre une chandelle!!...

. . . .

Nous pouvions donc ainsi, pleins de sécurité,
De la sorte exercer notre joyeuseté,
Et... sans pitié mettant tous les cordons en danse,
Des pauvres habitants troubler le doux silence,
Certains que nous étions de toute impunité!!...

. . . .

Eh bien!.. Voyez, pourtant... quelle bizarrerie!...
Cette gaminerie,

Au lieu de m'affliger, me cause un souvenir....
Non dépourvu de charme et d'un certain plaisir!...
Après tout... ainsi faite est la nature humaine!...
Et de l'analyser ne prenons point la peine!....

Notre ancien collége (1), au sévère portail, montrant encore aujourd'hui, à son sommet, son vieil écusson de l'époque, et cette fameuse inscription latine : Collegium Cæsareo Vindocinense.

A César de Vendôme, ô toi qui dus ton nom!...
Du travail, de l'étude, inestimable temple!...
De nos pères collége... au si juste renom,
Avec quel vrai transport, heureux, je te contemple!...
Enceinte... à qui je dois
De mon faible savoir le modeste bagage!...
Si mince qu'il puisse être, ah! daigne toutefois
Me permettre, en ce jour, de t'en offrir l'hommage!...
En tout... que faut-il voir?... La pensée et le but!...
A ce seul titre alors reçois donc ce tribut...
. . . .
Quoique peut-être, hélas! ton plus indigne élève,
Noble établissement!
Accepte néanmoins ce vif épanchement...
Et souffre volontiers qu'ici ma voix s'élève,
Afin de te porter ce cri sacré du cœur :
A toi, toujours succès, estime, gloire, honneur!...

(1) Établissement fondé par César de Vendôme, fils de Henri IV et de Gabrielle d'Estrées, duc de Vendôme, dans l'ancien hospice des pèlerins de Saint-Jacques, lequel fut transporté alors à l'hôtel de Chicheray, qu'il occupe toujours aujourd'hui. La chapelle seule de cet ancien hospice, dédiée à saint Jacques et élevée en 1203, fut conservée, et montre encore son charmant portail dans la rue du Change. Quant au collége, sa construction date de 1608. Placé sous l'habile direction des Oratoriens, cet établissement a été successivement: avant la Révolution, une des douze écoles royales militaires; pendant la Révolution, une école centrale; sous la Restauration, un collége; et, de nos jours, enfin, un lycée.

Debout sur le chantier, sans trêve continue
Ta grave mission... si dure et tant ardue!...
Et puisqu'à tes efforts, à ton savant labeur,
Revient l'insigne honneur
D'avoir su nous former : les Musset (1), les Dufaure,
Les Decazes, Balzac... et, certes, nombre encore
Dont les noms aujourd'hui, dans la foule perdus,
N'en sont pas moins un digne et noble témoignage
De services rendus,
Éminents, patients... et méritant hommage...
Oh! fais de nos enfants.....
Non point, nous t'en prions, seulement des savants...
Mais encore, avant tout, de véritables hommes!...
Car, pour bien secouer cette horrible torpeur
De ces temps désastreux... pár malheur!... où nous sommes...
Ah! combien il nous faut... d'énergie et d'ardeur!...
Poursuis donc, sans relâche,
Cette si sainte tâche,
Et, pour doter toujours ton institution
De cette même ardente et fière impulsion,
Qu'avec tant d'art jadis on lui vit imprimée,
Consulte de ces lieux la vieille renommée,
Et, pour mieux cimenter vos intimes liens,
Pour guides prends toujours ces Oratoriens,
A bon droit jouissant de toute notre estime.
En tête, tout d'abord : Dessaignes, Mareschal;
Puis, venant à leur suite, à titre encore égal
Et non moins légitime :
Hallais, Lefebvre, Roy,
Lagier, Jourdain, Alloy,

(1) Musset, de famille vendomoise, plus connu sous le nom de Musset-Pathay, littérateur distingué, auteur d'un grand nombre d'ouvrages et père de notre célèbre poëte Alfred de Musset.

Aussi profondément dévoués que capables,
Et dont toutes leçons furent si profitables!...
Puis, maints autres enfin de ces vieux professeurs,
Au travail plus modeste,
Dont le nom, moins connu, chez leurs élèves reste
Vivement, néanmoins, gravé dans tous les cœurs!...
. . . .
De grâce, aussi, vous tous, leurs dignes successeurs,
Vous, dont le poste seul du savoir est le gage,
Continuez toujours leur salutaire ouvrage,
Et que la France un jour, fière de ses progrès,
Vous doive votre part dans ses heureux succès!...
. . . .
. . . .

ÉPILOGUE.

Bienheureux souvenirs!... qui vous pressez en foule,
Pourquoi faut-il, hélas!... qu'étroitement étreint
Dans un cadre restreint,
Ici je vous refoule?...
. . . .
Mais... si cet entretien en ce point doit finir,
Qu'il me reste l'espoir qu'en un temps à venir,
Peut-être pourrons-nous, ouvrant une autre page,
Reprendre de nouveau ce léger bavardage!...

PARIS. — Imp. GAUTHIER-VILLARS, 55, quai des Grands-Augustins.

www.ingramcontent.com/pod-product-compliance
Ingram Content Group UK Ltd.
Pitfield, Milton Keynes, MK11 3LW, UK
UKHW020540180726
13839UKWH00006B/2629

9 782329 154022